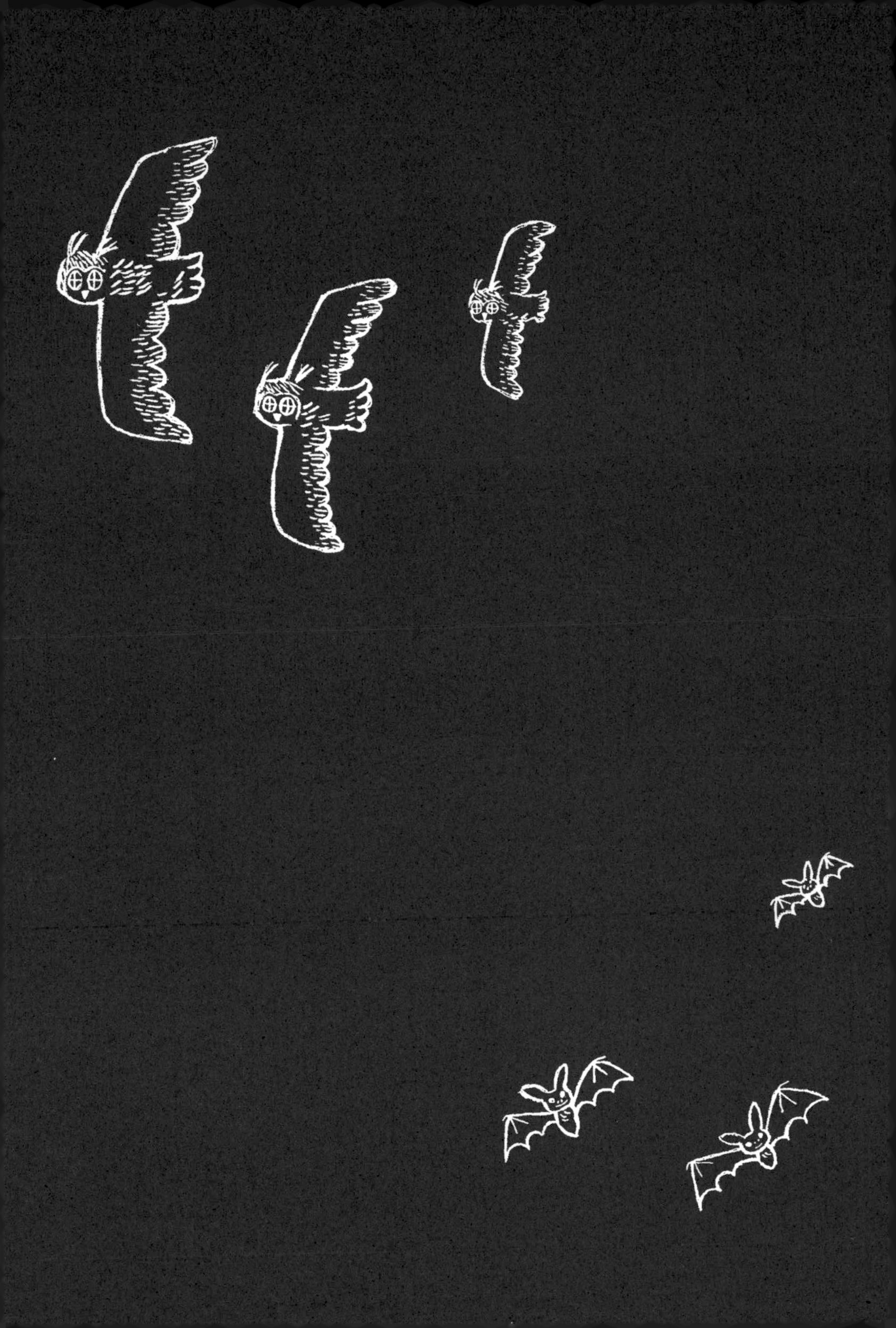

公主變身記

成為最棒的自己

作者／二宮由紀子　繪者／丹地晶子

翻譯／王蘊潔

這個國家有兩座城堡。
右邊是「什麼時候城堡」，
左邊是「什麼地方城堡」。
如果要問哪一座城堡比較漂亮，
那麼一看就知道是「什麼地方城堡」，
聽說，這裡住了六個美麗動人的公主……

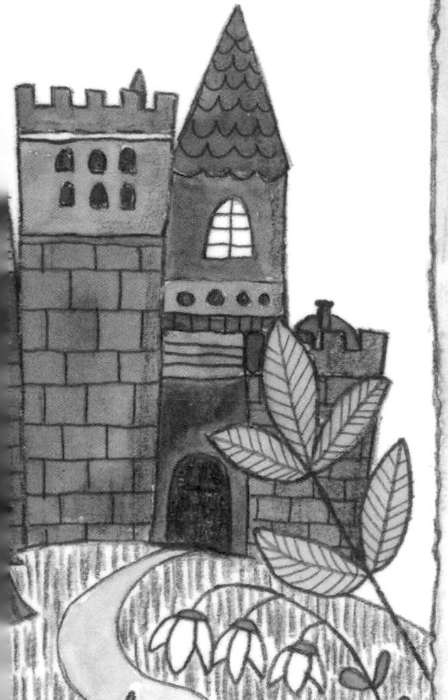

目次

1「什麼地方城堡」的早晨

天亮了。

六個公主起床了，啊！不好意思說錯，是六個公主的僕人起床了。

六個公主有太多僕人，即使詳細介紹每個人，大家也記不住，就連這些僕人也不太記得彼此的長相。

但是，所有人都絕對記得這兩個人——彭波羅波羅涅瓦爾女士，以及站在不遠處的沙爾瓦吉先生。

沙爾瓦吉先生用手帕捂住鼻子，不是因為他感冒，而是彭波羅波羅涅瓦爾女士身上的香水味實在太濃了。

在這座城堡的所有僕人中，沙爾瓦吉先生的地位最高，而彭波羅波羅涅瓦爾女士則是香水噴得最濃的人。

「早安，沙爾瓦吉先生。」彭波羅波羅涅瓦爾女士穿著優雅的禮服走向沙爾瓦吉先生，並向他打招呼。

「走、走安，夫人。」沙爾瓦吉先生無可奈何，只能稍微移開手帕，向彭波羅波羅涅瓦爾女士道早安。

他原本想說：「早安，彭波羅波羅涅瓦爾女士。」但才說完「早安」兩個字，鼻子就差點被香水薰歪了，所以就懶得念出一長串的名字，只能勉強說出「夫人」兩個字。如果一大早鼻子就歪了，可能會影響今天一整天的工作。

幸好「早安，夫人」雖然比「早安，彭波羅波羅涅瓦爾女士」稍微差了一點，但是有禮貌的程度幾乎差不了太多。

就好像對田中老師打招呼時，「早安，老師。」雖然不如「早安，田中老師。」清楚，但也是有禮貌的打招呼方式。

如果向老師打招呼時說：「走、走安，腦溼。」老師一定會擔心的問：「你怎麼了？感冒了嗎？」但是彭波羅波羅涅瓦爾女士根本不關心沙爾瓦吉先生的健康。

因為沙爾瓦吉先生每天早上打招呼時，幾乎都是說「走、走安，夫人。」、「走、走、走安、安、安……

咳、咳、咳……」，或是「走、走安……啊！不、不、不好、意思。」，所以彭波羅波羅涅瓦爾女士只會聳聳肩，心理想著，「呵呵！他和平常一樣。」

「他是因為無法抵擋我的魅力才會這樣，只要靠近我，就會緊張得滿臉通紅、手足無措。沙爾瓦吉先生個性好害羞，真是太可愛了。」彭波羅波羅涅瓦爾女士眨了眨有著長睫毛的眼睛，又伸長脖子看了看沙爾瓦吉先生，然後優雅的甩著禮服裙襬離開。

「……太好了！」沙爾瓦吉先生終於鬆一口氣。

「我剛剛差一點昏倒。如果一大早就昏倒，今天一整天就沒辦法好好的在城堡內工作了。」沙爾瓦吉先生說完，便匆匆開始一天的工作。

彭波羅波羅涅瓦爾女士和其他僕人，也開始專注做著各自的工作。但在接近中午時……

什麼？六個公主還沒起床？

公主才不會這麼早起床，起床的是六個公主飼養的小貓咪咪。因為公主每天晚上都要參加舞會，和王子跳舞到深夜，所以早上都在睡覺補眠。

但是，如果一直等著公主起床，故事會遲遲沒有進展，所以就先介紹一下六個公主吧！

這是梅麗安達公主，她是六個公主中年紀最大的。

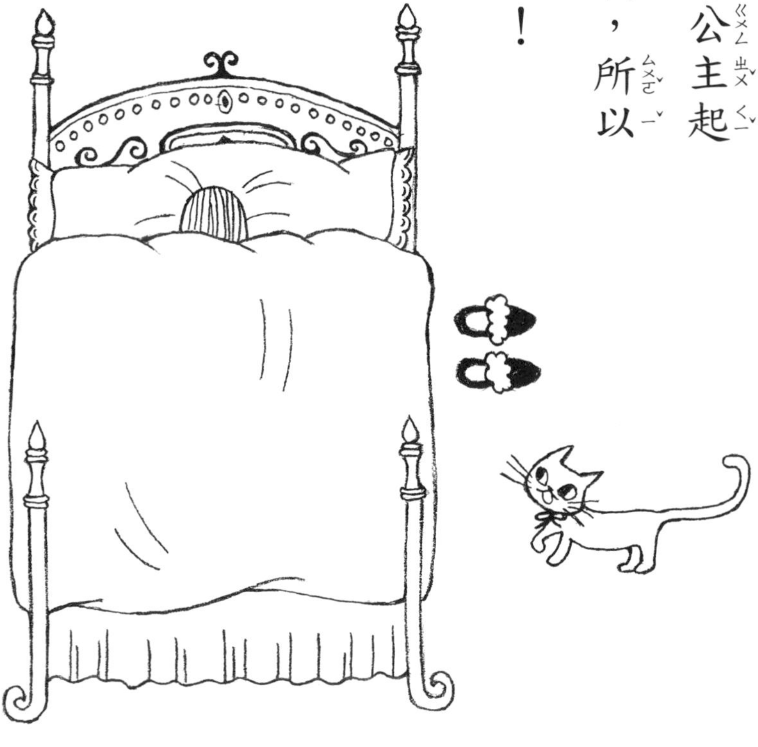

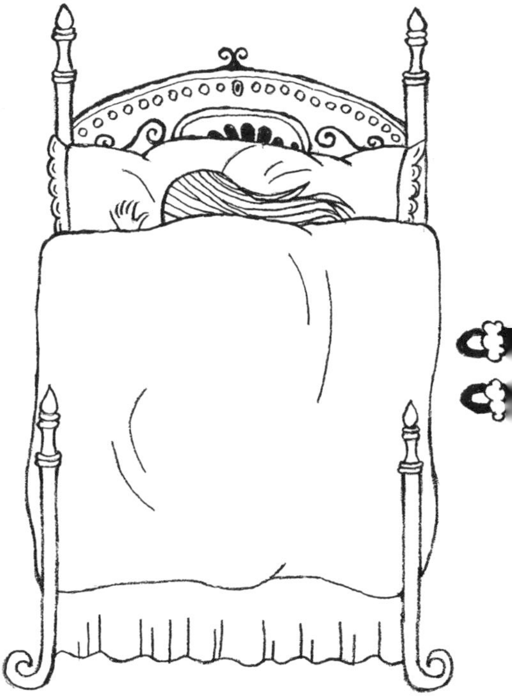

這是瑪麗安娜公主，她也同樣主張自己是六個公主中最漂亮的。

這是艾卡德麗娜公主，她是六個公主中最漂亮的，至少她自己一直這麼認為。

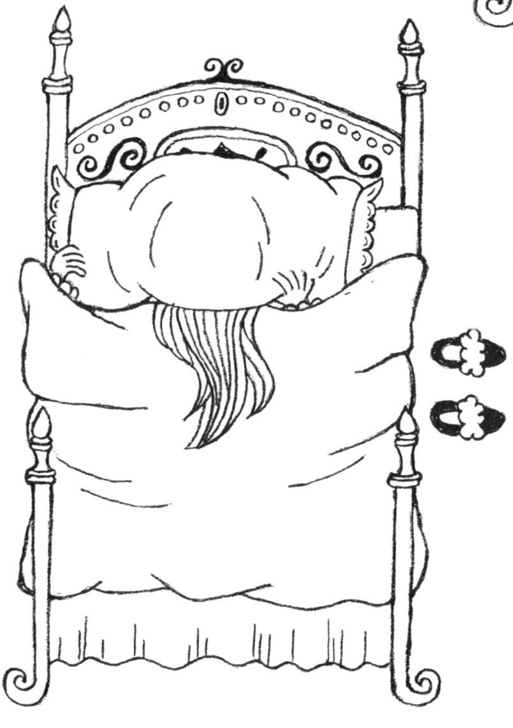

這是安潔麗娜公主，雖然不知道她的主張是什麼，但確定的是她在六個公主中的睡相最差。

然後這是卡特麗娜公主，應該是吧……

咦？

啊！不好意思，搞

錯了，剛剛那位是薇薇安娜公主。

這才是真正的卡特麗娜公主。她不喜歡披散著一頭黑色長髮妨礙睡覺，睡覺時堅持綁成麻花辮，所以絕對不會搞錯。

這就是六個公主，大家都記住了嗎？

那麼，六個公主的故事終於要開始了。

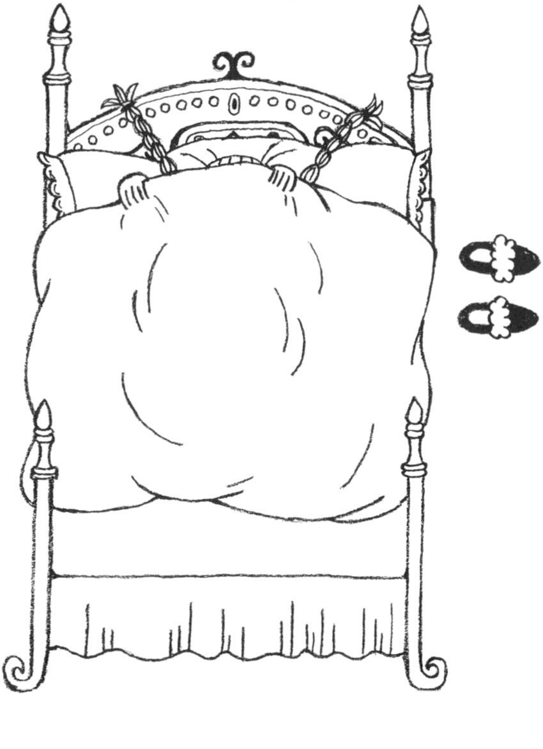

2 六個公主的餐點豪華又豐盛

當時針指向十二點時，六個公主終於睡醒了。

時針指向十二點時，灰姑娘慌忙衝下了樓梯——但那是發生在半夜十二點的事，千萬不可以搞錯。

六個公主不是在半夜十二點，而是在中午的十二點起床。如果是半夜十二點起床，就會變成幽靈城堡公主的故事。

六個公主起床後，開始準備吃午餐，但在城堡內稱為「早餐」。

每天餐桌上的餐點都很豐盛，公主穿的禮服也非常華麗。

大家應該已經知道誰是誰了吧？

……什麼！不知道？

剛才不是已經介紹過六個公主了嗎？如果這麼快就忘記誰是誰，老實說，這種記性實在太差了。

雖然很想請大家好好反省一下，但還是算了，那就再介紹一次吧！

梅麗安達

坐在最旁邊那張椅子上的是梅麗安達公主和小貓咪咪，看起來體型比較大的那個才是梅麗安達公主喔！

在六個公主中，梅麗安達公主最年長，剛才已經介紹過了。有一雙夢幻藍眼睛和雪白前腿的咪咪，是隻很可愛的小貓，不過梅麗安達公主的可愛程度，也完全不比咪咪遜色。

就連咪咪也覺得梅麗安達公主在人

類中應該算是美女，她有一雙和咪咪相同顏色的藍眼睛，雪白的皮膚則是晶瑩剔透。

梅麗安達公主用纖細的前腿，喔！不對，是用纖細的手，伸向彭波羅波羅涅瓦爾女士，然後說：「今天早上我沒什麼食欲，可能是昨天晚上和王子跳舞跳得太累了。彭波羅波羅涅瓦爾女士，我只要五個牛角麵包就好。」

「唉唷，姐姐！」開口說話的是艾卡德麗娜公主，她有一雙漂亮的灰色眼睛，和一頭灰金色的波浪長髮。

「過度減肥對身體不好喔！彭波羅波羅涅瓦爾女士，我要七個，還要夾了鮮奶油的比司吉、瑪德蓮、橘子口味的戚風蛋糕、加巧克力醬的鬆餅、加香蕉和核桃的可麗餅，以及蘋果、檸檬和肉桂風味的甜甜圈……」

「請你不要一口氣說這麼多，我根本記不住。」彭波羅波羅涅瓦爾女士抱怨，因為她腦袋不靈光。

「彭波羅波羅涅瓦爾女士，這裡不需要你，你去旁邊，我直接跟主廚說就好。」瑪麗安娜公主說。她有一頭核桃色頭髮，還有雙閃閃發亮的栗色眼睛。

「聽好喔！這是我和艾卡德麗娜兩個人的份。我們各要七個牛角麵包，還

有夾了鮮奶油的比司吉、瑪德蓮、橘子口味的戚風蛋糕、加巧克力醬的鬆餅、加香蕉和核桃的可麗餅，以及蘋果、檸檬和肉桂風味的甜甜圈，加了草莓、鮮奶油和卡士達醬的千層派，最後還要波羅麵包、紅豆麵包和炒麵麵包。」

「遵命。」廚房傳來主廚的聲音。

沒錯，瑪麗安娜公主不僅眼睛大，連嗓門也很大。

「彭波羅波羅涅瓦爾女士一離開，我就有食欲了。」說話的是有著一頭紅色捲髮，還有一雙綠寶石般眼睛的安潔麗娜公主，她正優雅的吃著放在桌上的麝香葡萄。

「我也要波羅麵包、紅豆麵包和炒麵麵包各七個，不知道為什麼，這陣子起床後肚子都特別餓。」

大家都知道，那是因為她晚上睡覺

薇薇安娜

前，喜歡在床上做運動的關係。

坐在安潔麗娜公主旁邊吃西瓜的，應該是……卡特麗娜公主。

咦？不對，又搞錯了，吃西瓜的是薇薇安娜公主，坐在她旁邊的才是卡特麗娜公主。

卡特麗娜公主用餐時，習慣把一頭黑色長髮紮成馬尾，以免影響進食，所以絕對不會搞錯。

六個公主才剛開始吃她們的豪華早餐，而且不知道會吃多久，即使實況報導她們吃早餐的情況，也只有每個公主大口吃東西的樣子，應該會很無聊。

在這裡等六個公主吃完早餐，也只是浪費時間，不如趁公主用餐時，去旁邊的「什麼時候城堡」看看吧！

3「什麼時候城堡」裡住了六個這樣的王子

沒錯，在六個公主住的「什麼地方城堡」旁邊，有另一座「什麼時候城堡」，裡面住了六個王子。

按照平常的習慣，現在應該是六個王子吃「早餐」的時間……

「我的腳好疼啊！今天我什麼都不想吃。」佛朗索瓦王子說。

佛朗索瓦王子在六個王子中年紀最大，他有一頭黑色的頭髮和一雙黑色的眼睛，是一位威風凜凜的王子，他在昨晚的舞會上和梅麗安達公主跳舞。

「我的腿都麻了，沒辦法起床。」

這是滿頭金髮的喬治王子。

他平常是位很有勇氣的傑出王子，在昨晚的舞會上，也和梅麗安達公主跳了舞。

這位躺在床上不說話、一臉沉思，有一雙灰色眼睛的是尼古拉王子。

他是位聰明的王子，在昨晚的舞會上沒和梅麗安達公主跳舞，但和艾卡德麗娜公主跳舞時，卻被她踩了一腳。

「……我……的……耳朵……嗡嗡……作響……」抱著枕頭嘀咕的，八成是佛朗傑里可王子。

昨晚他在舞會上並沒有和任何人跳舞，但是和瑪麗安娜公主聊了很久，所以絕對不會搞錯。

沒錯，剛才說話的就是佛朗傑里可王子，然後這位是克羅迪亞斯王子。

克羅迪亞斯王子有體力起床，是因為他上星期得了腮腺炎，所以昨天晚上沒有參加舞會。

「我肚子餓，我的腮腺炎可能已經好

了！」克羅迪亞斯王子說。剩下最後一位王子。他起床後打開了房門。

他是年紀最小的安里・貝爾貝雷斯・奧波羅巧巧十五世王子。他有一雙漂亮的藍眼睛，一頭柔軟的金色鬈髮。

為什麼六個王子中，只有他的名字這麼長、這麼奇怪？因為其他王子出生時，皇后反對王子的父親，也就是國王，取這

個又長又怪的名字，但在最小的王子出生時，皇后不小心對國王說：「隨便你取什麼名字都可以。」

於是王子的爸爸，也就是國王，便宣布：「是嗎？是嗎？那我要為這個王子取名為安里．貝爾貝雷斯．奧波羅巧巧十五世。」

王子的爸爸，也就是國王，當然不叫安里．貝爾貝雷斯．奧波羅巧巧十四世這種又長又奇怪的名字，而是叫格伊，但因為國王覺得自己的名字太短，而且他也很尊敬名叫安里．貝爾貝雷斯．奧波羅巧巧十四世的國王祖先，才會為王子取這個名字。

被取了安里・貝爾貝雷斯・奧波羅巧巧十五世這種名字的王子很可憐，不過他心地善良，即使對僕人說話也很客氣。

「不好意思打斷你們的工作，有人可以幫我找醫生來嗎？克羅迪亞斯的腮腺炎好像傳染給我了。」安里・貝爾貝雷斯・奧波羅巧巧十五世王子說。

所以，隔壁的城堡內，住了六個身體虛弱的王子。

4 說到公主，當然少不了這些人

兩座城堡內有六個公主和六個王子，當然還需要六個巫婆。

不過，這個國家不是只有六個巫婆，而是有十七個巫婆。

雖然多了十一個，但不必擔心，因為這十七個巫婆都不怎麼厲害，即使她們齊心協力，

加起來最多也只有五個巫婆的魔力。

這樣看來，不但沒有太多巫婆，反而少了一個？絕對沒這回事。

並不是少了一個巫婆，而是少了兩個。名叫尤拉·米米茲雷特的巫婆在社區抽獎時抽到頭獎，獎品是飛往巴黎的機票，所以她目前正在巴黎旅行；巫婆犬拉·米米茲雷特則是在上個星期被克羅迪亞斯王子傳染腮腺炎，因此整天待在家不出門。

雖然這個國家的巫婆都很尊敬尤拉・米米茲雷特和犬拉・米米茲雷特，但這兩個巫婆卻被稱為半桶水巫婆，因為她們兩個其實不太會使用魔法，兩個巫婆加在一起，才勉強差不多是一個巫婆的魔力。

也就是說，目前是王子打倒巫婆，保護公主免受惡毒魔法傷害的絕佳時機，可惜這六個王子就像剛才說的那樣不中用，全躺在床上，沒人起床。

梅麗安達

佛朗索瓦

總共只有四人份魔力的十五個巫婆，今天一大早就急急忙忙聚在一起開會。

她們每次開會的主題都是如何把惡毒的魔法用在六個公主身上，但今天早上的會議，卻有個不太一樣的議題。

議長犬拉犬拉・米米茲雷特說：「所以，梅麗安達公主和佛朗索瓦王子在談戀愛嗎？」

「不太清楚……」大家回答的很不明確。

「我聽說他們倆昨晚在舞會上跳了好幾支

舞，有人知道詳細情形嗎？」犬拉犬拉・米米茲雷特一臉嚴肅的看著其他巫婆，但其他人都不置可否的搖頭。

沒錯，這幾個巫婆派了七十三隻貓頭鷹和一百九十五隻蝙蝠，去刺探六個公主和六個王子的狀況，但這些貓頭鷹和蝙蝠辦事都不怎麼牢靠。

貓頭鷹和蝙蝠很怕貓，「什麼地方城堡」裡有小貓咪咪，牠們根本不敢太靠近，只能膽顫心驚的輪流朝遠遠的窗戶張望。只要稍微仔細觀察，就可以發現其實梅麗安達公主也和喬治王子跳過舞。

因為沒有人提出好意見，犬拉犬拉．米米茲雷特忍不住嘆了一口氣。

如果犬拉．米米茲雷特沒有被克羅迪亞斯王子傳染什麼腮腺炎，今天也一起來開會就好了！

這樣的話，自己就不必如此辛苦了——即使她這麼想也無濟於事。不過，正在旅行的尤拉．米米茲雷特，和犬拉犬拉．米米茲雷特的關係一向很差，她總是在開會時，提出和犬拉犬拉．米米茲雷特相反的意見，所以她不在反而比較好。

於是犬拉犬拉．米米茲雷特告訴自

己：「現在總比尤拉．米米茲雷特在的時候好多了！」

犬拉犬拉．米米茲雷特用這種方式安慰自己，然後繼續說：「如果梅麗安達公主和佛朗索瓦王子正在談戀愛，那就必須馬上拆散他們；但是如果他們並沒有談戀愛，也就不必急著處理。既然這樣，我們就進入下一個議題，討論下星期野餐的事……」

正當犬拉犬拉．米米茲雷特高興得這麼說時，犬安拉犬拉．米米茲雷特開了口：「等一下。」

每次只要犬安拉犬拉．米米茲雷特說「等一下」，會議就會被拖延，所以這一章就在這裡暫時休息一下。
接下來的會議內容請看下一章。

5 巫婆會議持續進行，到底哪一個公主最美？

犬安拉犬拉．米米茲雷特嚴肅的繼續說：「上週的會議議題就是梅麗安達公主和喬治王子是不是在談戀愛這件事，當時也認為如果梅麗安達公主和喬治王子談戀愛，就要馬上拆散他們；如果他們沒有，就不需要急著處理。然後會議就結束了。」

「好像是這樣沒錯……」犬拉犬拉犬拉・米米茲雷特點了點頭。

「我也記得好像是這樣……」犬安拉犬拉犬拉・米米茲雷特雖然搞不太清楚狀況，但她也點了點頭。

「嘿嘿，所以……」犬安拉犬拉・米米茲雷特說：

「我有一個疑問，既然有六個公主，為什麼只有梅麗安達公主可以接連和兩個王子談戀愛？」

「喔喔喔……」所有巫婆驚呼連連，歪著頭納悶。

因為其他人完全沒想到這個問題，甚至根本忘了上星期會議的內容。

「會不會和梅麗安達公主在六個公主中的年紀最大有關？」花拉花拉．米米茲雷特想了很久之後說。花拉花拉．米米茲雷特雖然沒有什麼魔法能力，但是很會動腦筋。

於是，犬拉犬拉．米米茲雷特也說：「原來是這樣啊！我之前都不知道梅麗安達公主最年長這件事……所以她現在到底幾歲了？」她看著在場的其他人問。

「這……」其他巫婆也答不上來，因為這些巫婆記

性不好，連最基本的事也記不住。

但還是有人發表意見，就是一開始提出疑問的犬安拉犬拉．米米茲雷特。

「可是，我覺得不可能因為年紀最大，就能讓一個又一個王子都愛上她。」犬安拉犬拉．米米茲雷特小聲的說。

因為犬安拉犬拉．米米茲雷特是這個國家中年紀最大的巫婆，但從來沒有任何王子愛上她，犬安拉犬拉．米米茲雷特為這件事感到有點遺憾，上星期開會討論梅麗安達公主戀愛的事時，也讓她恨得牙癢癢的，所以她才會記得這麼清楚。

「嗯，的確有道理。」在這個國家的巫婆中，年紀第二大的黑拉黑拉黑安拉．米米茲雷特也表示同意。

黑拉黑拉黑安拉．米米茲雷特也從來沒和王子談過戀愛，只不過黑拉黑拉黑安拉．米米茲雷特對那些不中用的王子完全沒有興趣。但這件事其實並不重要。

「如果不是因為年紀大的關係，」花拉花拉．米米茲雷特重新仔細思考後，再次表達意見：「該不會是因為梅麗安達是六個公主中最美的公主？」

「是這樣嗎？我之前都不知道梅麗安達公主最美這件事。」犬拉犬拉．米米茲雷特再度驚訝的說。

如果梅麗安達真的是六個公主中最美的，當然就要馬上把最惡毒的魔法用在她身上。

於是，犬拉犬拉．米米茲雷特急忙大聲宣布：「既然這樣，下星期的野餐延期舉行，我們必須馬上討論要在最美的梅麗安達公主身上用什麼魔法。」

就在這時，黑羅黑羅．米米茲雷特語氣堅定的說：

「等一下，這和事實不符。根據我的調查，最美的是艾卡德麗娜公主。」

黑羅黑羅．米米茲雷特雖然魔法能力也很差，但耳朵很靈敏，曾經聽到艾卡德麗娜小聲的這麼評價自己。

「不不不，根據我聽到的消息，最美麗的應該是瑪麗安娜公主。」坐在她旁邊的黑羅黑羅黑羅納．米米茲雷特表示反對。黑羅黑羅黑羅納．米米茲雷特雖然因為年紀大，

黑羅黑羅
米米茲雷特
艾卡德麗娜
花拉花拉
米米茲雷特

耳朵有點不太靈光，但是她曾經聽到瑪麗安娜公主這麼說。

「不不不，我聽說卡特麗娜公主才是國色天香，美麗絕頂。」無名巫婆也表達了意見。不知道為什麼，這個巫婆沒有名字，但因為只有這個巫婆沒有名字，無論是她自己或其他巫婆都不覺得有什麼不方便，所以就算沒名字也沒關係。如果有三個巫婆都沒名字，就會很傷腦筋。

米米茲雷特

瑪麗安娜

卡特麗娜

目前傷腦筋的不是巫婆的名字，而是會議內容。

「對了，我聽說薇薇安娜公主也是稀世美女。」休羅休羅・米米茲雷特也發表了意見。

「由此可見，只有安潔麗娜公主不是很漂亮。」犬拉犬拉・米米茲雷特大聲的說。

「搞不好她才是那個前所未見的絕色佳人……」哈里哈里納貝・米米茲雷特說。

犬拉犬拉・米米茲雷特聽了，立刻點頭說：「喔喔，一定是這樣！」

「或是美得難以用言語形容的公主。」波雷波雷波安雷・米米茲雷特也說。

「喔喔，你說的有道理。」犬拉犬拉・米米茲雷特又用力點頭附和。

「也有可能是美得讓人說不出話。」艾塔塔・米米茲雷特也表達自己的意見。

「喔喔，也可能是這樣。」犬拉犬拉・

波雷波雷波安雷
米米茲雷特
安潔麗娜
哈里哈里納貝
米米茲雷特

米米茲雷特再度點了點頭，她是個很容易受到別人意見影響的巫婆。

「既然這樣，只有一個方法，就是派一個人去城堡，親眼看看哪個公主最美麗。」火伊火伊．米米茲雷特說。

「喔，對喔！好主意！」犬拉犬拉．米米茲雷特又用力點了點頭。

「至於要派誰去呢？當然必須由議長親自出馬才行。」犬拉犬拉．米米茲雷特一聽

到犬安拉犬拉．米米茲雷特這麼說，連忙回應：「等一下。」

犬安拉犬拉．米米茲雷特很膽小，她擔心其他巫婆會把這項任務推到自己這個年紀最大的巫婆頭上，但犬拉犬拉．米米茲雷特在膽小這件事上，有過之而無不及。

如果冒冒失失的跑去城堡，一旦被別人發現自己是巫婆，搞不好會被火燒死。

犬拉犬拉．米米茲雷特急急忙忙的說：

「我、我、我要……忙著準備下星期野餐的事。喔喔，艾塔塔．米米茲雷特，你可以去一趟嗎？」

她問了巫婆名冊上第一號的艾塔塔．米米茲雷特，但艾塔塔．米米茲雷特用力抿著嘴，一個勁的搖頭。

於是，犬拉犬拉．米米茲雷特就在巫婆名冊中艾塔塔．米米茲雷特的名字上，畫了一個大大的叉叉，然後也順便在自己的名字

艾塔塔塔塔
米米茲雷特
犬安拉犬拉
米米茲雷特
犬拉犬拉犬拉
米米茲雷特
犬安拉犬拉犬拉
米米茲雷特

上畫了一個更大的叉叉。

「那麼，艾塔塔塔塔．米米茲雷特，你願意去嗎？」犬拉犬拉．米米茲雷特問，但艾塔塔塔塔．米米茲雷特當然也緊閉嘴巴，用力搖著頭。

犬拉犬拉．米米茲雷特按照巫婆名冊的順序，問了每一個巫婆。

「你願意接受這項任務嗎？」

但是，沒有任何一個巫婆願意接受去城

黑拉黑拉黑安拉
米米茲雷特
花拉花拉
米米茲雷特
休羅休羅
米米茲雷特
哈里哈里納貝
米米茲雷特

堡的任務，她們一個比一個更膽小，誰都不想被火燒死。

於是，巫婆名冊裡所有的名字都被畫了叉叉，但因為無名巫婆沒有名字，所以她的名字不在名冊上。

「那就決定了，由你去城堡。」

大家鼓掌通過。就這樣，無名巫婆被派去城堡。

黑羅黑羅
米米茲雷特
黑羅黑羅黑羅納
米米茲雷特
無名巫婆

6 巫婆代表前往公主的城堡

無名巫婆雖然沒名字，但她卻富有勇氣與好奇心，並不排斥接下前往城堡的任務。

她反而覺得野餐會議時，每次張羅餐點都得聽犬安拉犬拉．米米茲雷特和花拉花拉．米米茲雷特說一大堆反對意見，才是更頭痛的事。

「但是，我覺得只是去看哪一個公主最美，這樣太無聊了！既然在確認哪一個公主最漂亮之後，就要對她施魔法，不如在確認的同時，馬上對她施魔法。」

無名巫婆不只沒有名字，她也缺乏花時間慢慢等待的「耐心」。

「萬一我被六個公主發現是巫婆而被火燒死，那就慘了！」雖然覺得很麻煩，但無名巫婆還是提著一個很大的籃子，打開冰箱找了一下，「嗯，這個不錯！」便把冰箱裡的德國香腸放進籃子，然後偷偷溜去隔壁花拉花拉·米米茲雷特家的果園。

這個果園裡種了魔法蘋果，只要吃下蘋果，身體就會慢慢變冷，陷入可怕的死亡沉睡。花拉花拉．米米茲雷特是一個很有心機的巫婆，所以果園裡全都種了魔法蘋果，她覺得也許有一天可以派上用場。

花拉花拉．米米茲雷特除了很有心機，也是出了名的吝嗇鬼，為了趕走想到果園偷蘋果的人，在果園門口養了三條龍。

但是那三條龍很不中用，無名巫婆一拿出德國香腸丟到牠們面前，牠們立刻吃得不亦樂乎，無名巫婆趁機偷摘了蘋果，放進籃子裡。

如果就這樣假扮成賣蘋果的老婆婆前往城堡，城堡裡的公主可能會有所警覺，因為說到賣蘋果的老婆婆，大家就會想到《白雪公主》裡的皇后，她可是非常有名的巫婆前輩。

無名巫婆雖然覺得麻煩，但還是用砂糖、檸檬和肉桂燉煮了蘋果，做成蘋果派，接著走到街上叫賣：「蘋果派，蘋果派，請問誰要買剛出爐的蘋果派？」

雖然無名巫婆施展魔法的本領很差，但是廚藝非常出色。

她烤的蘋果派散發出香噴噴的味道，所有聞到香味的人都忍不住停下腳步，朝她的籃子裡張望。看到蘋果派的派皮烤得又酥又脆，每個人都毫不遲疑的掏出錢來購買。

無名巫婆的蘋果派很快就賣完。

她因為太貪心，竟然把蘋果派全都賣光光了！所有的蘋果派加起來，都比不上她貪心的程度。

她在賣蘋果派時忍不住想，「我要賣更多

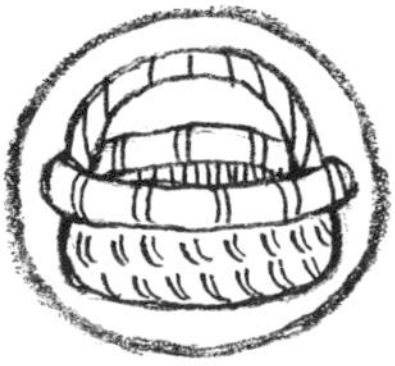

更多的蘋果派，我想要賺錢，我要存很多很多錢，我也想和尤拉·米米茲雷特一樣去巴黎旅行。」

當她賣完全部的蘋果派，喜孜孜的把賺來的錢放進籃子時，才終於發現出了問題，「完蛋了……」

既然賣光蘋果派，就不能偽裝成賣蘋果派的老婆婆去城堡了。

雖然很麻煩，但無名巫婆只能跑回家裡，

再急急忙忙的從冰箱裡拿出德國香腸，接著溜進花拉花拉．米米茲雷特的果園，把德國香腸放在門口的三條龍面前，趁三條龍專心吃香腸時偷摘魔法蘋果，放進籃子裡。

回到家之後，雖然很麻煩，但無名巫婆還是打算用砂糖、檸檬和肉桂燉煮蘋果，製作蘋果派。籃子裡除了蘋果，還有剛才賣蘋果派賺來的錢，所以她必須把蘋果和錢分開，變得更加麻煩。

她努力發揮「耐心」，再次烤了蘋果派，然後又走到街上叫賣起來。

「蘋果派，蘋果派，誰要買熱騰騰的蘋果派？」

這次的蘋果派也賣得很快，無名巫婆忍不住想，「呵呵呵呵呵，他們不知道這是魔法蘋果做的蘋果派……真可憐，剛才那些買蘋果派去吃的人，現在應該已經陷入可怕的死亡沉睡了。」

買蘋果派的那些人不是公主，無名巫婆多少有點良心不安，但是當她收到錢之後，還是忍不住興奮起來，內心充滿「我要賣更多蘋果派，我想賺很多錢，我要存錢去巴黎旅行」的想法。

當無名巫婆從籃子裡拿出最後一塊蘋果派時，這一次她終於忍住，「啊！不行，不行，不行！」

她雙手緊緊抓著最後一塊蘋果派，大聲叫

著：「這塊蘋果派不能賣，這要送去城堡給最美麗的公主。」

大家聽到她這麼說，七嘴八舌的抗議：「這太不公平了，城堡裡的人每天都在吃山珍海味。」、「為什麼因為公主漂亮，就要特別送蘋果派給她？人的價值不是由美麗的外表決定的。」、「也不想想我們為了買蘋果派，排隊排得這麼久！」

無名巫婆聽了覺得，「沒錯，他們說的很

有道理。」於是賣掉最後一塊蘋果派。

賣掉之後，她才驚覺，「啊！不行，不行，不行！這塊蘋果派不能賣！」但是已經來不及了。

無名巫婆只好又跑回家裡。

雖然很麻煩，但她打算再溜進花拉花拉・米米茲雷特的果園，用德國香腸打發門口的三條龍。但是冰箱裡所有的德國香腸都已經用完，一條也不剩。

雖然很麻煩，但她還是急急忙忙跑去附近的肉鋪買德國香腸，沒想到肉鋪今天剛好公休。

無名巫婆無可奈何，只能使出渾身解數，用自己不擅長的魔法變出三根德國香腸，然後精疲力盡的溜進花拉花拉．米米茲雷特的果園，把德國香腸丟給那三條龍。

結果那三條龍真令人火大，竟然不願意吃這些德國香腸！

「牠們明明是龍，怎麼這麼容易吃飽？真是太沒出息了！還是、還是……因為我變的德國香腸和肉鋪賣的相比，看起來比較不好吃？」

無名巫婆的自尊心有點受到傷害，因為她很清楚，自己的魔法能力和廚藝相比，實在差很多。

那三條龍觀察了一會兒動靜，終於接受了事實——

「之前的德國香腸好像沒了。」

「唉，真是只有這個而已嗎？既然這樣，有總比沒有好吧！」

「雖然看起來不太好吃，但也沒辦法。」

三條龍很不甘願的吃起德國香腸，無名巫婆趁牠們吃香腸的時候，慌慌張張的摘下蘋果，放進籃子裡，再趕回家。

雖然很麻煩，但她還是用砂糖、檸檬和肉桂燉煮蘋果，準備做蘋果派。這一次她學聰明了，沒有把賣蘋果派的錢放在籃子裡，而是放在口袋的錢包裡，所以不必花時間把蘋果從錢堆裡挑出來。不過，無名巫婆此時已

經累壞，她決定隔天再烤蘋果派，於是上床睡覺了。

7 巫婆能讓最美的公主吃下蘋果派嗎？

隔天，無名巫婆烤好蘋果派。

雖然覺得很麻煩，但她還是拎著大籃子上街叫賣：

「蘋果派、蘋果派，誰要買新鮮出爐的蘋果派？」

今天的生意也非常好，無名巫婆忍不住想，「呵呵呵，他們竟然沒發現這些是魔法蘋果做的蘋果派。可憐啊！昨天買蘋果派的人，現在應該已經陷入可怕的死亡沉睡了。」

雖然有點良心不安，但無名巫婆接過錢時，還是覺得很高興，心想，「我要賣更多蘋果派，我想賺錢，我要存錢去巴黎旅行！」

當她從籃子裡拿出最後一塊蘋果派時，拚了命忍住想賣出去的衝動，告訴自己：「不行、不行，不行、不行，不行就是不行！」

這一次，她經過好好的思考，雙手緊緊握著最後一塊蘋果派，大聲的說：「這塊蘋果派不能賣，因為我和一個生病的可憐孩子說好，要把蘋果派送給他吃。」

其他人聽了，紛紛對她說：「既然這樣，就沒辦法了，我們只好作罷。」、「你送去的路上要小心。」、「請你把我的棉花糖也帶去給那個生病的孩子。」然後硬是把黏黏的粉紅色大棉花糖塞到她手上。

無名巫婆終於擺脫人群，她緊緊握著蘋果派和棉花糖的木棒，來到城堡前。

守衛城堡的士兵立刻大聲問：「你看起來很可疑，來這裡做什麼？」

無名巫婆一緊張，不但忘了說這句話，「蘋果派，

蘋果派，誰要買新鮮出爐的蘋果派？」而且還嚇到說不出話。

唉呀，大事不妙了！

士兵拿著長槍對準無名巫婆的胸口，大聲的說：「你這個可疑的傢伙，快報上名字！」

「名字？我沒辦法告訴你名字。」

「你說什麼？越來越可疑了！趕快報上名字、報上你的名字！」

「我不是說了嗎？我沒辦法告訴你名字。就算我再

怎麼想說，也沒辦法說。」

無名巫婆和城堡的士兵吵了起來。

「吵死人了，你們到底在吵什麼？」

無名巫婆一聞到濃郁的香水味，鼻子差點就被薰歪……

「啊！彭波羅波羅涅瓦爾女士，我剛才抓到這個可疑的女人……」守衛城堡的士兵回答到一半就倒下，因為他真的被彭波羅波羅涅瓦爾女士的香水味薰得昏了過

去。

無名巫婆也被她的香水味薰得鼻子都歪了，只不過無名巫婆的鼻子原本就歪歪的，再歪一點也沒什麼關係。

士兵倒下後，無名巫婆終於想起要說的話，連忙大聲說：「蘋果派，蘋果派，誰要買新鮮出爐的蘋果派？」

「唉唷，這哪是什麼蘋果派？」彭波羅波羅涅瓦爾女士打量著巫婆手上的粉紅

色大棉花糖問：「怎麼看起來很像棉花糖啊？」

「呃……呃呃……這的確是……棉花糖。」無名巫婆回答，然後把另一隻手上緊緊握著的蘋果派，遞到彭波羅波羅涅瓦爾女士面前，說：「這才是蘋果派。蘋果派，蘋果派，誰要買熱騰騰的蘋果派？」

無名巫婆重複著，但彭波羅波羅涅瓦爾女士卻皺著眉頭回答：「不，我不要這

個蘋果派，我比較想要那個棉花糖。」

無名巫婆的自尊心很受傷，到目前為止，每個人只要一聞到蘋果派香噴噴的味道，都會馬上購買。

這當然是因為彭波羅波羅涅瓦爾女士自己身上的香水味太濃，根本聞不到蘋果派的香味，而且無名巫婆一直把最後一塊蘋果派緊握在手上，蘋果派已經被捏得爛爛的，失去原本的形狀，看起來一點都不好吃。

但是，無名巫婆沒有察覺到這一點，她忍不住想，「沒想到我做的蘋果派竟然輸給棉花糖……這女人身上散發出這麼可怕的味道，該不會是有什麼驚人能力的巫婆吧？搞不好她已經發現蘋果派的祕密了……」

無名巫婆越想越感到驚恐。

既然對方說要買棉花糖，無名巫婆還是覺得可以趁機小賺一筆，於是暫時把蘋果派拋在腦後，急急忙忙的把棉花糖賣給彭波羅波羅涅瓦爾女士。

這時，彭波羅波羅涅瓦爾女士身後傳來了聲音：「早、早、咳咳咳……夫人、咳咳咳咳……」

「唉唷，原來是沙爾瓦吉先生，你好啊！」彭波羅波羅涅瓦爾女士轉頭說。

「她……她……她竟然能夠聽得懂那些語焉不詳的話！這個女人絕對是巫婆……」無名巫婆這麼一想，更感到一陣寒意爬上背脊。

「唉唷，蘋果嗨……」沙爾瓦吉先生從無名巫婆手上搶過蘋果派，放在鼻子前聞了起來。

沙爾瓦吉先生只是想用蘋果派的味道抵擋彭波羅波羅涅瓦爾女士的香水味，但是彭波羅波羅涅瓦爾女士的香水味實在太濃，蘋果派的味道當然無法發揮任何作用。

「嗚呃……恕、失

禮……呃呃呃呃呃……」沙爾瓦吉先生說完，把蘋果派塞回無名巫婆手裡，然後快步逃走了。

「竟……竟……竟然會這樣！」無名巫婆的自尊心再度受到傷害，幾乎已經支離破碎。

「不！不不！這座城堡果然很可怕，被非常強的魔法包圍了！」無名巫婆這麼告訴自己，忍不住感到背脊發涼。

「我剛才聽到有人說蘋果派，是不是在這裡？」

正當無名巫婆打算逃離城堡時，有一個男人說著這句話走了過來，他是這座城堡的主廚。

這個主廚在食物名稱方面簡直就是順風耳，他平時會努力克制不去聽「修理排氣扇」或「清洗消毒餐巾」之類的話，但是一定會伸長耳朵捕捉像是「蘋果派」的名稱。

主廚說：「給我看看是怎樣的蘋果派。」

無名巫婆趕緊用力抓著蘋果派說：「不……不……不行！」

無名巫婆擔心如果蘋果派被主廚搶走，他可能會發

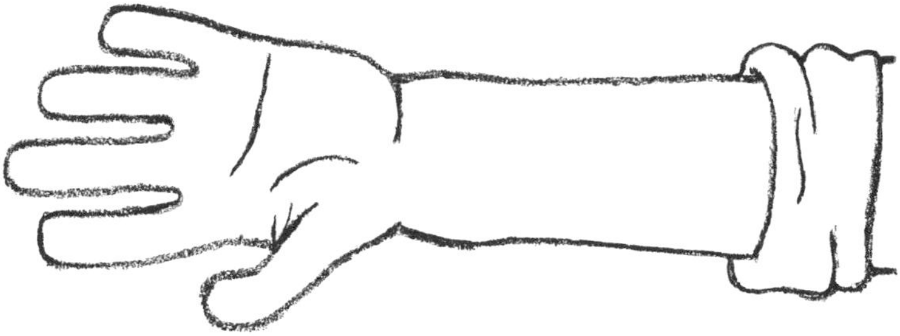

現那是用魔法蘋果做的蘋果派，自己就會被火燒死。

沒想到主廚笑著說：「你不用害羞。」接著又對彭波羅波羅涅瓦爾女士說：「彭波羅波羅涅瓦爾女士，你正在吃的棉花糖，也散發出很香的味道。」

沒錯，這名主廚對食物的嗅覺特別靈敏，他在鼻子下方的鬍子上塗滿大蒜，這樣就能盡量避免聞到彭波羅波羅涅瓦爾女士的香水味。

無名巫婆聽到主廚的話，自尊心再度受到嚴重的打擊，幾乎已經不堪一擊，狠狠被踩在地上了。

「這種棉花糖……這種棉花糖……竟然比我的蘋果派更香！」正當她氣憤的用力握住手上的蘋果派時，有一個公主走過來問：「我剛才聽到有人說蘋果派，是在這裡嗎？」

「喔喔，原來是薇薇安娜公主，不對，不對，是卡特麗娜公主。」彭波羅波羅涅瓦爾女士和主廚急忙向公主行禮。

沒錯，卡特麗娜公主也對食物的名稱和食物的香味特別敏感，絲毫不遜色於主廚。

「哇，原來就是這塊蘋果派，看起來真好吃！」卡特麗娜公主說完這句話，馬上從無名巫婆手上搶過蘋果派，大口吃了起來。

8 是魔法的力量，還是王子的吻？

無名巫婆心滿意足的離開城堡，走在回家路上，她已經順利完成了任務。

幸好美麗的公主並沒有分辨魔法蘋果派的能力。

「哇，原來就是這塊蘋果派，看起來真好吃！」無名巫婆的耳邊迴盪著卡特麗娜公主說的話，這句話拯救了她受到嚴重打擊，已經不堪一擊，幾乎被踩在地上的自尊心。

卡特麗娜公主大口吃蘋果派時露出了笑容，那是無名巫婆在這個世界上看到最美好的事。

「卡特麗娜公主真的是絕世美女，我聽到的傳聞果然沒錯，她是世界上最美的公主。可惜那個公主現在已經陷入可怕的死亡沉睡，不再是這個世界上的人了。」

無名巫婆露出得意的笑容，匆匆走回家，迎面走來一個胖男人叫住了她，「你

不就是剛才那個賣蘋果派的老婆婆嗎？我吃了之後覺得實在太好吃了，無論如何都要再買一塊。」

「呵呵呵！」無名巫婆的自尊心得到滿足，忍不住笑了起來，她急忙說：「太好了！但是蘋果派已經賣完了，如果你可以稍微等我一下，我會馬上再做……」

說到這裡，她突然驚覺，「你……你說什麼？你……吃了剛才買的蘋果派？」

無名巫婆難以置信，照理說吃了那個蘋果派的人，現在應該都已經陷入可怕的死亡沉睡。

「難道這……這個……這個胖男人有驚人的能力，可以戰勝魔法蘋果的毒嗎？還是說，六個王子中的其中一個王子親吻了這個男人？」無名巫婆茫然的注視著眼前這個胖男人的臉。

「既然這樣，我也要買。」

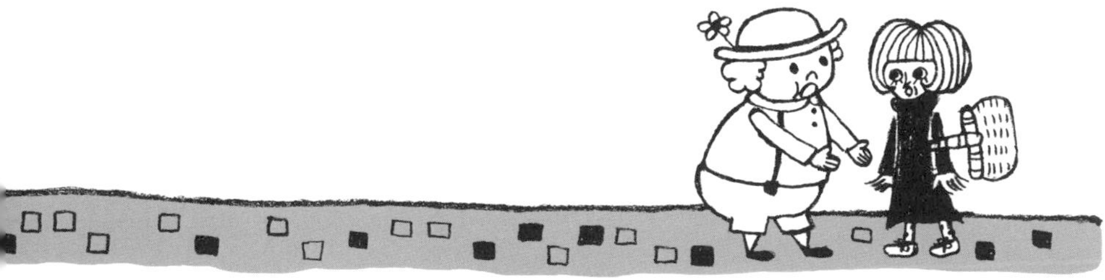

「我也要再買三塊。」

「想預約購買蘋果派的人都排在這個人後面，來來來，趕快來排隊。」

於是，很多人立刻跟在胖男人後面，排起了隊。

「這……這……難道是這裡的人都有驚人的能力，可以戰勝魔法蘋果的毒嗎？還是六個王子去親吻了所有的人？」無名巫婆的思緒陷入一片混亂。

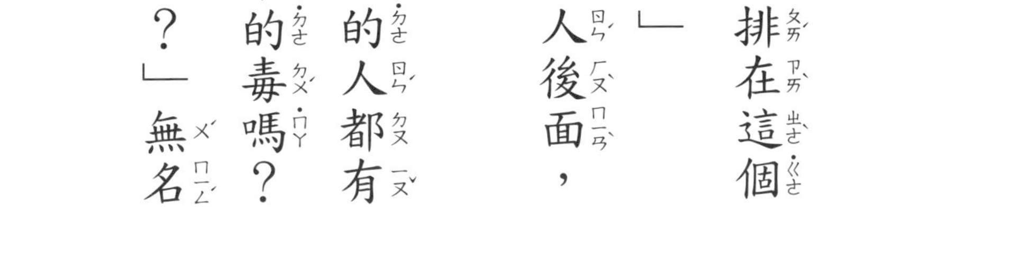

正當她的思緒陷入混亂時，不知道誰拿出一張紙，讓那些排隊的人依次在紙上寫下名字和要購買的蘋果派數量。

「也許是因為用了砂糖、檸檬和肉桂一起燉煮，所以魔法蘋果的魔力消失了！魔法可能和維他命C一樣不耐熱……唉，早知道我就不要那麼麻煩，做什麼蘋果派了……」無名巫婆感到非常後悔。

此時，站在隊伍最前面的胖男人把紙

交給她。

「這個給你。」胖男人說：「這是我們的預約單，拜託你了。」

無名巫婆看了看手上的那張紙，發現上面寫滿了要預約蘋果派的人名。有些人甚至一口氣訂了五個、十個！

無名巫婆的自尊心得到大大的滿足，滿心期待著，「我要賣更多蘋果派，我要賺錢，然後存錢去巴黎旅行。」

於是，無名巫婆大聲的對大家說：「沒問題。下午一點，我會帶著烤好的蘋果派過來。」

聽到無名巫婆這麼說，現場的人都熱烈歡呼。

無名巫婆得意洋洋的準備回家時，突然想到一件重要的事——她趕緊跑去肉鋪買了德國香腸。今天不是肉鋪公休日。

接著，她又急急忙忙溜進花拉花拉・米米茲雷特家的果園。沒想到……竟然已經有人在果園裡了！

她仔細一看，發現那個人正是花拉花拉・米米茲雷特。出了名的吝嗇鬼花拉花拉．米米茲雷特正在餵那三條龍吃肉鋪特賣的義式臘腸和白煮蛋。

「花拉花拉．米米茲雷特！」無名巫婆大聲叫著她的名字。

花拉花拉．米米茲雷特雖然轉過頭，但什麼話也沒說，即使她想叫無名巫婆的名字，也無從叫起。

花拉花拉．米米茲雷特看著無名巫婆問：「你在這裡做什麼？」

「呃……呃……我來送社區通知單。」無名巫婆靈機一動，想到這個藉口。

她慌慌張張的從籃子裡拿出蘋果派預約單，戰戰兢兢的交給花拉花拉．米米茲雷特。

「這是社區通知單？」花拉花拉．米米茲雷特接過預約單看了很久，然後抬起頭一臉嚴肅的說：「你給我看這些也沒用。」

她看著無名巫婆理直氣壯的說：「你應該知道我根本不識字。你念給我聽。」

無名巫婆聽了，也脫口而出說了謊：「沒辦法，我

也不識字。」

於是，花拉花拉・米米茲雷特笑咪咪的搭著無名巫婆的肩，兩個人開心的餵三條龍吃完特價的義大利香腸和白煮蛋，之後便分開了。

蘋果派預約單和德國香腸還在無名巫婆的籃子裡，把預約單和德國香腸分開再拿出來並不麻煩，所以她打算趁花拉花拉・米米茲雷特睡午覺時，再偷偷溜進果園偷蘋果。這麼一來，無名巫婆的巴黎旅行就不再是遙不可及的夢了……

9 美妙的戀愛魔法為故事結局增色

到了約定好的下午一點，無名巫婆仍然沒有出現在街上。

排隊等蘋果派的人越來越不耐煩。

「已經到了約定時間，那個賣蘋果派的老婆婆為什麼還沒來？」

「我們提早來這裡等她，沒想到她竟然爽約了！」

「對了，那個賣蘋果派的老婆婆之前曾經說過，要把蘋果派拿去送給城堡裡的公主。」

「她該不會為了城堡裡的那些公主，無視於我們之間的約定吧？」

「可惡，城堡裡的那些公主根本整天閒閒沒事做。」

「太不公平了，我們卻每天要汗流浹背、辛苦的工作。」

「對啊對啊！只有城堡裡的那些公主每天享受著奢華生活。」

大家越說越對城堡裡的六個公主感到生氣，最後所有人都一致同意，這裡不需要城堡，也不需要公主。

於是，他們立刻前往城堡，要告訴公主們這個決定。當無名巫婆抱著籃子，在下午一點多來到約定的地點時，街上一個人也沒有。

「真是的，怎麼會這樣？怎麼可以這樣？我費盡千辛萬苦……」

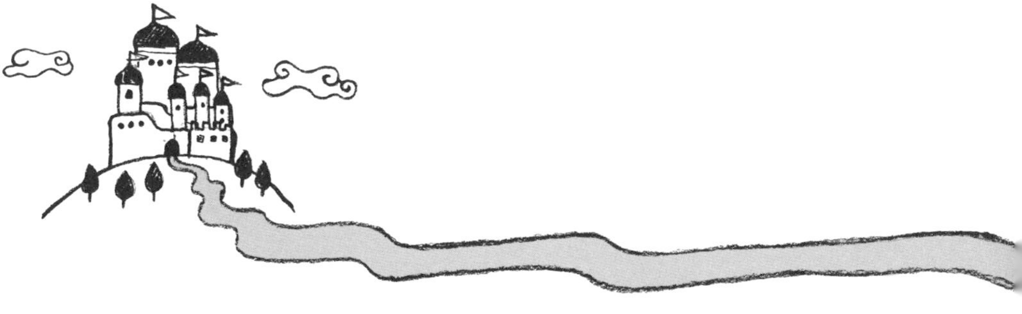

因為那三條龍很沒出息，吃了特價的義大利香腸和白煮蛋就飽了，根本不吃無名巫婆買的德國香腸。結果無名巫婆差點被那三條龍踩死，幸虧克羅迪亞斯王子剛好散步經過，打敗了那三條龍，她才終於能夠溜進果園，偷摘蘋果。

「克羅迪亞斯王子……」無名巫婆一想起克羅迪亞斯王子，就忍不住臉紅心跳。

無名巫婆把裝有蘋果派的籃子放在路邊，用粉筆在地上寫了「免費送給大家吃，任何人都可以拿」的大字後，就一路跑回家。

她興奮的拿著另一個籃子，偷偷溜進住在對面的犬安拉．米米茲雷特家的果園。犬安拉．米米茲雷特的果園裡種了魔法橘子，只要吃了那種橘子，就會無法自拔的愛上眼前的人。犬安拉．米米茲雷特一直細心的照顧這些橘子樹，希望有朝一日，王子會愛上自己。

雖然犬安拉．米米茲雷特貪婪又吝嗇，但並沒有像花拉花拉．米米茲雷特那麼有心機，所以沒在果園門口養龍。無名巫婆不需要準備德國香腸，就可以輕鬆的偷摘橘子回家。

她打算用砂糖、香檳和丁香一起燉煮橘子，做成橘子蛋糕。

「不不不！不行、不行、不行！魔法橘子如果和砂糖、香檳、丁香一起燉煮，魔法可能會失效。因為魔法就和維他命C一樣不耐熱。」

她在最後的緊要關頭改變主意，拿著裝滿橘子的籃子，偷偷溜進克羅迪亞斯王子的房間。

此時其他王子都在各自的房間睡覺，克羅迪亞斯王

子一個人覺得很無聊，他一邊哼歌，一邊玩拼圖，看到偷偷溜進他房間的無名巫婆，便露出笑容親切的說：「咦？是你呀！」

無名巫婆一看到克羅迪亞斯王子的笑容，馬上明白自己根本不需要魔法橘子。

克羅迪亞斯王子無法忘記當自己救了無名巫婆時，她對自己露出充滿感激的眼神。沒錯，就像無名巫婆覺得卡特麗娜公主的笑容絕頂美麗一樣，克羅迪亞斯王子也覺得無名巫婆的眼神美若天仙。當然，一方面也是因

為克羅迪亞斯王子的視力有點問題。

克羅迪亞斯王子和無名巫婆開心的聊天，一起吃著無名巫婆帶來的橘子，而無名巫婆又把吃不下的橘子拿去送給其他王子。

但是，佛朗索瓦王子、喬治王子、尼古拉王子、佛朗傑里可王子，還有安里・貝爾貝雷斯・奧波羅巧巧十五世王子，都沒有愛上無名巫婆。

因為犬安拉・米米茲雷特的橘子不管有沒有烤一烤做成橘子蛋糕，都沒有太大的魔力。

原來是這樣啊！那花拉花拉・米米茲雷特的蘋果是不是也一樣？

不不不，沒這回事，花拉花拉・米

克羅迪亞斯

佛朗索瓦

喬治

米茲雷特種的蘋果，情況不太一樣。因為花拉花拉．米米茲雷特的心機很重，她覺得自己想吃蘋果時，可能會不小心吃下自己種的蘋果，所以她還沒對果園裡的蘋果施魔法。

話說回來，即使花拉花拉．米米茲雷特對蘋果施了魔法，也可能沒效果。

總之，吃了蘋果派的民眾個個活力充沛，只有一個人從隔週開始病懨懨，

那就是無名巫婆。因為她被安里・貝爾貝雷斯・奧波羅巧巧十五世王子傳染了腮腺炎。

卡特麗娜公主吃了無名巫婆做的蘋果派後也活力充沛，但因為民眾衝進城堡抗議，她現在已經不再是卡特麗娜公主，而是普通的女孩卡特麗娜。

沒錯，「什麼地方城堡」也不再是「城堡」，變成了有豪華展望臺的溫泉樂園，重新裝潢之後，將在下個月正式開幕，那些之前住在城堡裡不怎麼管用的人，也全被趕出城堡。

LAND
WELCOME

公主變成普通的大胃王女生，對她們來說，這是一件幸福的事，因為以前當公主時，她們除了睡覺、吃飯、在舞會上和王子跳舞，整天都無所事事，非常無聊。

發自內心喜愛跳舞的梅麗安達成為舞蹈老師，開了一間「國標舞教室」。有傳聞說，上梅麗安達的課必須連續跳好幾個小時的舞，每次上課都很累，所以沒有太多學生，但有好幾個因為吃太多蘋果派而

發胖的人，都去那裡跳舞減重。

沙爾瓦吉先生擔任這個國標舞教室的接待人員，但梅麗安達卻沒有僱用任何一個妹妹，因為艾卡德麗娜跳舞時會踩舞伴的腳，而其他妹妹則不太會跳舞。

艾卡德麗娜愛吃甜點，所以和城堡的廚師一起在無名巫婆開的甜點店裡工作。

瑪麗安娜靠著她的大嗓門，成為小學老師。

安潔麗娜寫了一本《睡眠減重法》，成為暢銷書作家。

卡特麗娜成為消防員，薇薇安娜成為蒐集蜂蜜的養蜂專家，不對……好像是薇薇安娜成為消防員。算了，有點搞不清楚誰是

誰，反正她們兩個有一人當了消防員，另一人成為養蜂專家。

至於小貓咪咪，因為城堡已經不再是城堡，所以咪咪也變成普通的街貓，每天和其他貓朋友玩得很開心。

還有很多人也衝進「什麼時候城堡」抗議，因此城堡下個月將成為「巨大迷宮溫泉天地」，重新開幕。

城堡裡的王子也不再是王子，而是變成身體很虛弱的普通男生，當然，對無名巫婆來說，其中一個人不是「普通」的男生，而是特別的男生。

克羅迪亞斯和其他五個王子，也就是佛朗索瓦、喬治、尼古拉、佛朗傑里可，還有安里・貝爾貝雷斯・奧波羅巧巧十五世，目前都在動物園的禮品店當店員兼清潔員。其實一開始他們是當動物飼養員，但因為佛朗索瓦會捉弄長頸鹿，尼古拉想和駱駝打架，最後他們都當不成飼養員，改去禮品店工作。

對了，聽說佛朗傑里可最近和彭波羅波羅涅瓦爾女士談戀愛，不是因為佛朗傑里可的鼻子有問題，而是當城堡不再是城堡後，彭波羅波羅涅瓦爾女士變窮，她為了節省開銷，減少香水的使用量。

總而言之，如今這個國家已經沒有公主和王子，巫婆也沒事可做，除了無名巫婆之外，其他十六個巫婆全都各奔西東，去了其他國家。

也許其中一個巫婆去了各位住的地方。啊！不過這些巫婆都沒有太大的魔法本事，所以各位完全不需要擔心喔！

繪童話
公主變身記：成為最棒的自己
作者／二宮由紀子　繪者／丹地晶子　翻譯／王蘊潔

總編輯：鄭如瑤｜責任編輯：王靜慧｜特約編輯：吳佐晰
美術編輯：張雅玫｜行銷副理：塗幸儀

社長：郭重興｜發行人兼出版總監：曾大福
業務平臺總經理：李雪麗｜業務平臺副總經理：李復民
海外業務協理：張鑫峰｜特販業務協理：陳綺瑩
實體業務經理：林詩富｜印務經理：黃禮賢｜印務主任：李孟儒
出版與發行：小熊出版・遠足文化事業股份有限公司
地址：231 新北市新店區民權路108-2 號9樓
電話：02-22181417 ｜傳真：02-86671851
劃撥帳號：19504465｜戶名：遠足文化事業股份有限公司
客服專線：0800-221029 ｜客服信箱：service@bookrep.com.tw
E-mail：littlebear@bookrep.com.tw ｜ Facebook：小熊出版
讀書共和國出版集團網路書店：http://www.bookrep.com.tw
團體訂購請洽業務部：02-22181417 分機1132、1520

法律顧問：華洋法律事務所／蘇文生律師｜印製：天浚有限公司
初版一刷：2020 年11月｜定價：320元｜ ISBN：978-986-5503-87-1

國家圖書館出版品預行編目（CIP）資料

公主變身記：成為最棒的自己 / 二宮由紀子文；丹地晶子圖；王蘊潔翻譯. -- 初版. -- 新北市：小熊出版：遠足文化發行, 2020.11
128面；21x14.8公分. --（繪童話）
ISBN 978-986-5503-87-1(平裝)

861.596　　109015708

小熊出版讀者回函　小熊出版官方網頁